CW01401788

Nach den ab 1.8.2006 verbindlichen Rechtschreibregeln.

Bibliografische Information der Deutschen Bibliothek
Die Deutsche Bibliothek verzeichnet diese Publikation
in der Deutschen Nationalbibliografie;
detaillierte bibliografische Daten sind im Internet
über http://dnb.ddb.de abrufbar.

Das Wort **Duden** ist für den Verlag
Bibliografisches Institut & F. A. Brockhaus AG
als Marke geschützt.

© Bibliographisches Institut & F. A. Brockhaus AG,
Mannheim 2006 G F E
Redaktionelle Leitung: Eva Schill
Lektorat: Sophia Marzolff
Fachberatung: Ulrike Holzwarth-Raether
Herstellung: Claudia Rönsch
Layout und Satz: Michelle Vollmer, Mainz
Illustration Lesedetektive: Barbara Scholz
Umschlaggestaltung: Mischa Acker

Printed in Malaysia
ISBN: 978-3-411-70790-4

Lesedetektive

Franzi und
das falsche Pferd

Beate Dölling
mit Bildern von Cornelia Haas

Dudenverlag
Mannheim · Leipzig · Wien · Zürich

Franzi hat heute Geburtstag.

Sie wird sieben Jahre alt.

Sie wünscht sich nur ein Pferd.

Franzi sitzt im Bett
und lauscht.
Hat da nicht gerade
etwas gewiehert?

Mama und Papa haben das Pferd
wohl in den Schuppen gestellt.
Bestimmt hat es Hunger
und wiehert deshalb.

Es ist leider kein Wiehern,

nur Mamas Schnarchen.

Ihre Eltern schlafen immer noch.

Dabei ist es schon halb sechs!

6

Ob Franzi mal nachschauen soll?
Vielleicht hat das Pferd Angst,
so ganz allein im Schuppen.

Aber Mama und Papa
haben Franzi verboten,
an ihrem Geburtstag
früher aufzustehen als sie.

Wie das Pferd wohl aussieht?
Franzi wünscht sich seit Jahren
einen Schimmel.

Am besten einen mit dunklen
Flecken, einen Apfelschimmel.
Die werden nicht
so schnell schmutzig.

1. Fall:
Was wünscht
sich Franzi?

einen ▢
schimmeligen Apfel

Franzi hat auch schon
einen Namen für ihr Pferd:
Lollipop.

einen ☐
Apfelschimmel

einen ☐
Braunschimmel

Lollipop dürfte auch
in die Küche und sich
aus der Obstschale bedienen.
Wie bei Pippi Langstrumpf.

Nur in die Küche äpfeln

darf es nicht.

Sonst gibt es Ärger mit Mama.

Franzi hält die Luft an.

Da hat gerade was geknarrt.

Sie hört Papas Schritte

und ein Flüstern.

Sie hört Papa
die Treppe hinuntergehen,
durch die Küche,
über die Terrasse nach draußen.

Die Schuppentür klappert!
Jetzt holt Papa Lollipop.
Wenn sie doch nur
was sehen könnte!

16

Sie öffnet das Fenster und horcht.

Kein Hufgetrappel!

Mama und Papa haben Lollipop

bestimmt die Hufe eingepackt.

„Ob ihr die Farbe gefällt?",
hört Franzi Mama sagen.
„Pscht", sagt Papa,
„nicht so laut!"

2. Fall:
Beim Warten platzt
Franzi fast vor

▽

Aufregung.

Franzi platzt gleich
vor Aufregung!
Ist Lollipop vielleicht
gar kein Apfelschimmel?

▽ Neugierde.

▽ Freude.

Das wäre auch nicht schlimm.
Franzi hat Lollipop auch lieb,
wenn er braun oder schwarz
oder fuchsrot ist.

„Wollen wir es auf die
Terrasse stellen?", fragt Papa.
„Lieber in die Küche",
sagt Mama. „Es ist ja klein."

Klein? Na klar, Lollipop ist
noch ein Fohlen!
Ein süßes, kleines,
schnuckeliges Ding!

Endlich wird Franzi gerufen!

Sie stürzt die Treppe hinunter.

Ihr Herz schlägt wild.

Sie öffnet die Küchentür ...

… und da steht –

ein knallrotes Fahrrad!

Mama und Papa singen:

„Zum Geburtstag viel Glück …"

24

„Na, wie fühlt man sich
mit sieben?", fragt Mama.
„Saublöd", würde Franzi
am liebsten sagen.

Auf dem Küchentisch liegen
noch andere Geschenke
und ein großer Brief
mit lauter grauen Flecken.

3. Fall:
**Wie nennt Papa das
knallrote Geschenk?**

Zweirad

Franzi versucht sich zu freuen.
„Der Drahtesel ist zwar
kein Pferd", sagt Papa. „Aber
er bringt dich zu den Pferden."

Stahlross   Drahtesel

Mama gibt ihr den gefleckten
Brief. Der ist von Oma.
Ein Gutschein für den Ponyhof.
„Zum Reitenlernen", steht da.

„Oh, wie schön", sagt Franzi.

Jetzt freut sie sich wirklich.

Und das Fahrrad

ist so schön rot!

Am Nachmittag radeln sie
schon los, zum Ponyhof.
Die Pferde wiehern ihnen
von weitem entgegen.

Auch ein Apfelschimmel ist da!

Er stupst Franzi an

mit seiner weichen Nase.

Was sagst du dazu?

Warst du auch schon mal enttäuscht über ein Geburtstagsgeschenk?

Schreibe deine Geschichte auf und schicke sie uns! Als Dankeschön verlosen wir unter den Einsendern zweimal jährlich tolle Buchpreise aus unserem aktuellen Programm! Eine Auswahl der Einsendungen veröffentlichen wir außerdem unter www.lesedetektive.de.

Bibliographisches Institut &
F. A. Brockhaus AG
Duden – Kinder- und
Jugendbuchredaktion
Kennwort: **Lollipop**
Postfach 10 03 11
68003 Mannheim
E-Mail: lesedetektive@duden.de

Die Duden-Lesedetektive: Leseförderung mit System

1. Klasse
32 Seiten, gebunden

- Finn und Lili auf dem Bauernhof · ISBN 978-3-411-70782-9
- Nuri und die Ziegenfüße · ISBN 978-3-411-70785-0
- Eine unheimliche Nacht · ISBN 978-3-411-70788-1
- Franzi und das falsche Pferd · ISBN 978-3-411-70790-4
- Ein ganz besonderer Ferientag · ISBN 978-3-411-70795-9
- Das gefundene Geld · ISBN 978-3-411-70799-7

2. Klasse
32 Seiten, gebunden

- Die Prinzessin im Supermarkt · ISBN 978-3-411-70786-7
- Auf der Suche nach dem verschwundenen Hund · ISBN 978-3-411-70783-6
- Emil und der neue Tacho · ISBN 978-3-411-70789-8
- Sarah und der Findekompass · ISBN 978-3-411-70792-8
- Ein bester Freund mal zwei · ISBN 978-3-411-70796-6
- Eine Sommernacht im Zelt · ISBN 978-3-411-70800-0

3. Klasse
48 Seiten, gebunden

- Anne und der geheimnisvolle Schlüssel · ISBN 978-3-411-70787-4
- Eins zu null für Leon · ISBN 978-3-411-70784-3
- Viktor und die Fußball-Dinos · ISBN 978-3-411-70793-5
- Nelly, die Piratentochter · ISBN 978-3-411-70797-3
- Herr von Blech zieht ein · ISBN 978-3-411-70802-4

4. Klasse
48 Seiten, gebunden

- Der Geist aus dem Würstchenglas · ISBN 978-3-411-70794-2
- Der schlechteste Ritter der Welt · ISBN 978-3-411-70798-0
- Kira und die Hexenschuhe · ISBN 978-3-411-70803-1

Weitere Titel in Vorbereitung!

Gefunden!
Knote den Streifen einfach
an das Lesebändchen an
und fertig ist dein Lösungsschlüssel
für die Detektivfälle!
Nur bei der richtigen Antwort
passt das abgedruckte Symbol genau
in das entsprechende Schlüsselloch.